画给孩子的自然通识课

海底生物，
太多姿多彩啦

U0314709

童心 编绘

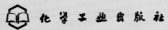

化学工业出版社

·北京·

图书在版编目（CIP）数据

海底生物，太多姿多彩啦 / 童心编绘． —北京：
化学工业出版社，2024.8
（画给孩子的自然通识课）
ISBN 978-7-122-45638-0

Ⅰ. ①海…　Ⅱ. ①童…　Ⅲ. ①儿童故事－图画故事－
中国－当代　Ⅳ. ①I287.8

中国国家版本馆 CIP 数据核字（2024）第 097084 号

HAIDI SHENGWU，TAI DUOZI-DUOCAI LA

海底生物，太多姿多彩啦

责任编辑：隋权玲　　　　　　　　　　　装帧设计：宁静静

责任校对：李露洁

出版发行：化学工业出版社（北京市东城区青年湖南街 13 号　邮政编码 100011）
印　　装：北京宝隆世纪印刷有限公司
880mm×1230mm　1/24　印张2　字数20千字　　2024年8月北京第1版第1次印刷

购书咨询：010-64518888　　　　　　　售后服务：010-64518899
网　　址：http://www.cip.com.cn
凡购买本书，如有缺损质量问题，本社销售中心负责调换。

定　　价：16.80 元

前言

　　地球大部分都被海洋覆盖着。可是你知道吗，在深深的海底还有一个神秘的世界，它与陆地上的地貌颇为相似，那里也有高山、海沟、平原和盆地。只是那里的居民是形形色色的鱼儿，以及各种形态各异、色彩斑斓的珊瑚和植物，甚至还有神秘的巨石结构和洞穴呢！

　　现在，小朋友们快快来一场"海底探秘"之旅吧！你也许会对壮观的海底火山感到惊奇，也许会对绮丽的珊瑚礁流连忘返，顺便还能去观察贝壳是如何孕育珍珠的。而当你从巨大的海藻林穿过时，一定会觉得非常神奇！海底世界真是太不可思议了！希望小朋友们都能变成一条条小鱼，在这里自由地探索海底奥秘。

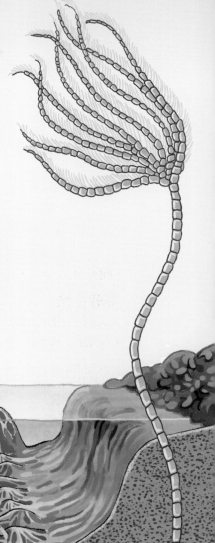

目 录

海底世界在哪里

你知道海底世界在哪儿吗？谁居住在那里呢？如果不知道，就快快"变身"成为一条小鱼，到海洋里看一看吧！

鱼类

从海洋表面往下游大约200米，这段距离被称为大洋上层，因为较为明亮，所以也叫透光带，是许多海洋生物生活的重要区域之一。

鲸类

接着再下潜大约800米停下，这段距离被称为大洋中层，因为光线昏暗，也叫微光层。这里的浮游动物种类多样，且部分鱼儿能发光。

藻类

水母

圆罩鱼

虾

桡足类

再接着往下的海洋被称大洋底层，因为总是漆黑一片，也叫无光层，海底生以沉降下来的动物尸体、屑和微生物为生。

纽虫

孔虫

灯笼鱼

鱼类

海参

海葵

谁让海底世界"浮"出水面

许多富有冒险和探索精神的人抵不住海底的诱惑，一次次地向海底进军。最终他们揭开了海底的面纱，让海底世界浮现在人们眼前。

① 很久以前，人们憋气潜入海中，但由于肺活量和技巧的限制，人们通常难以长时间潜水。

② 后来，人们发明了潜水钟。这是一种密不透气的容器，人们进入其中并通过管子往里面输送氧气，从而延长了在水下的停留时间。

③ 19世纪，英国海洋学家乘坐"挑战"号海军战舰对世界各地的海洋进行了深入的考察。

⑤ 1924年，日本人用面罩式潜水器潜入地中海海底70米，震惊了全世界。

④ 1918年，超声波回声测探仪的发明，使人们第一次发现了海底山脊、裂谷、平顶山和深海沉积扇等地貌。

⑧ 1957年，美国海洋学家提出钻穿洋壳、提取海洋地壳下面物质的倡议，从而开启了人类深海钻探的历史。

⑨ 随着水下机器人的发明和广泛应用，以及海洋卫星对海洋环境的精准观测，人类探测海洋的技术得到了显著提升，为深海研究提供了更先进的技术保证。

⑥ "空气罩潜水器" 诞生了！这种潜水器材采用密闭循环系统，并有空气瓶的装置。

⑦ 水下摄影机的发明，大大方便了人类对海底的探索。

⑩ 2020年，我国研制的 "奋斗者" 号载人潜水器，在马里亚纳海沟成功坐底，最大潜水深度达到了10909米。

没有它们，人类就无法顺利进行海洋探索

人类一直对神秘的海洋充满畏惧和憧憬，随着一次次的海洋探索活动，海洋和海底的面纱逐渐被揭开。不过，在这个艰难又危险的过程中，多亏了它们的帮忙。

指南针

指南针也叫罗盘，是我国古代的四大发明之一。有了它，船只在一望无际的大海上航行就不会迷失方向。

呼吸调节器

1943年，有位法国人发明了一种水肺。它是第一台带有自动呼吸调节器的自给式水下呼吸设备，使人类的潜水深度增加到了90米左右。

航海钟

库克船长使用的航海钟结合天文观测，可以精确地确定经度，从而计算出航船的位置。

望远镜

望远镜是一种利用光学原理放大远方景象的仪器，通过几片薄薄的镜片，就可以将远方的景象清晰地呈现在我们眼前。

六分仪

六分仪是一种测量远方两个目标之间夹角的光学仪器。

奇特的海底地貌

　　海底的地形千姿百态，与陆地的地貌非常相似。瞧，连绵的海底山脉、平坦的深海平原、陡峭的海底峡谷、喷发着岩浆的海底火山、绚烂缤纷的珊瑚礁……

富饶的大陆边缘

大陆边缘就是连接海洋和陆地的"中间地带"，由大陆架、大陆坡和大陆基三部分组成。

❶ 大陆架

大陆架是一块平坦的海底。通常，当海洋与平坦的陆地相连时，大陆架往往非常宽广；当海洋与高山相连时，大陆架则非常短小，甚至没有。

❷ 大陆坡

大陆坡是从大陆架边缘开始，向深海逐渐倾斜的地形，其坡度通常较大。陡峭的海底峡谷就分布在大陆坡上。

❸ 大陆基

大陆基在大陆坡的底部，如果大陆坡是一座山，那么大陆基就是它的山脚。

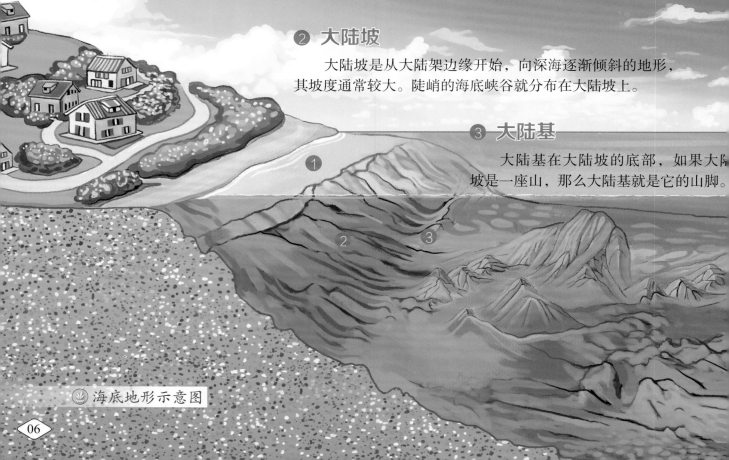

🌱 海底地形示意图

4 海沟

海沟是海底地形的一种，通常位于大陆坡的底部，由板块构造运动形成，特别是大洋板块俯冲到大陆板块下方时。

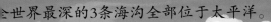

全世界最深的3条海沟全部位于太平洋。

冠军——马里亚纳海沟，有11034米深，是当之无愧的冠军哟！

亚军——汤加海沟，有10882米深。

季军——是两个相邻海沟的组合，叫千岛–堪察加海沟，最深的地方有10542米。

4

瞧，这是海底"巨龙"吗

在大洋底部，有一条巨大的山脉，也叫大洋中脊。它就像一条长长的巨龙，蜿蜒曲折地延伸在世界四大洋的海底。

北美洲

南美洲

非洲

1 大洋中脊是一个连续的、主要呈东西走向的山脉系统，穿行在世界各大洋的海底。

2 脊顶有一条中央裂谷，将大洋中脊分成两半。

3 这里的中央裂谷深约3000米，宽约50千米，是地壳中最薄的地方。

4 裂谷两边是平行的脊峰。

5 断层把大洋中脊切割成一段一段的。

千姿百态的大洋盆地

大洋盆地位于大洋中脊和大陆坡之间，是一种形态变化非常丰富的海底地貌。

❶ 海底高地

海底凹凸不平，有一些显著隆起且面积较大的区域，就成了海底高地。

❷ 海岭

海底隆起的像山脊一样的地形，就是海岭。

❸ 海山

那些地形突出又孤立的海底高地被称为海山。

❹ 海峰

海山的圆锥形顶部又叫作海峰。

❺ 平顶山

平顶山通常是由火山活动形成的海山，其顶部因侵蚀作用而变得平坦。一些平顶山的顶部可能露出海面，而另一些则完全隐藏在海水之下。

❻ 海盆

凹下的洼地被称为海盆。

大洋盆地示意图

V字形的海底大峡谷

海底世界有许多大峡谷，它们上面宽，下面窄，看起来就像一个大大的"V"字，峡谷的两边是非常陡峭的谷壁。

大陆坡上分布着裂缝，有的靠近河口。当陆地上的河流流向海洋时，会不断地把地面的泥沙一起带走，河水逐渐变得浑浊。

1 浑浊的河流继续向前，经过大陆架时，河流携带的泥沙与海底泥沙混合，形成了一种泥浆状物质。

❶ 最长的海底峡谷——白令海底峡谷是最长的海底峡谷，长400多千米。

❷ 著名的海底峡谷——哈得孙海底峡谷，以其壮观的规模和独特的地理特征而闻名，从哈得孙河口一直延伸到大西洋。

❸ 最深的海底峡谷——巴哈马海底峡谷是被切割最深的峡谷，最高处和最低处的高度差可以达到4400米。

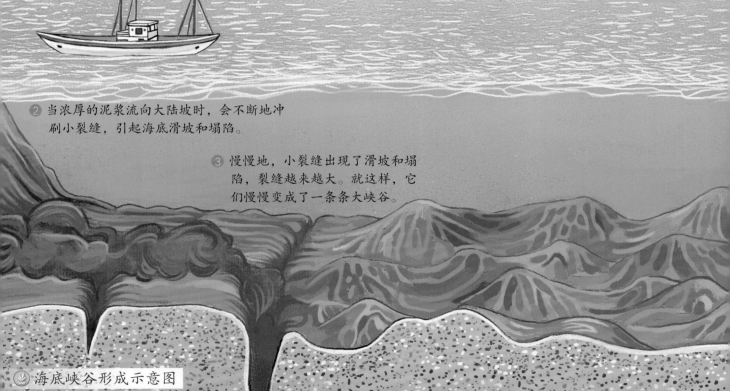

❷ 当浓厚的泥浆流向大陆坡时，会不断地冲刷小裂缝，引起海底滑坡和塌陷。

❸ 慢慢地，小裂缝出现了滑坡和塌陷，裂缝越来越大。就这样，它们慢慢变成了一条条大峡谷。

🌱 海底峡谷形成示意图

奇妙的海底热泉

在深海底部有一些奇妙的地方，这些地方会向外喷出热气腾腾、烟囱一样的热水，这就是海底热泉。20世纪70年代，美国科学家对太平洋东部洋底进行了考察。工作人员乘坐"阿尔文"号深潜器下潜到东太平洋底，发现了大量的海底热泉。它们不断向外喷涌热液，喷口处形成了高达几米甚至几十米的羽毛状烟柱，场面非常壮观。科学家将这些热泉称为"海底烟囱"。

可怕的尖牙

著名的"食人魔鱼"说的就是角高体金眼鲷。看它张大的嘴和尖细的牙齿是不是很吓人？它最深能下潜到水下5000米的海洋深渊层，因为深海食物匮乏，它通常见到什么就吃什么，展现出了强大的生存能力。

阿尔文号深潜器

阿尔文号深潜器于20世纪60年代初（一般认为是1964年）建造完成并服役至今。它非常具有传奇色彩，参与了许多科研活动，甚至还打捞过氢弹。阿尔文号还曾参与对泰坦尼克号的搜索，并因此登上了美国《时代》周刊的封面。

角高体金眼鲷

擅长潜水的抹香鲸

海底热泉附近有什么生物？

　　按道理，像海底热泉附近这种缺乏氧气、温度多变、含有大量有毒物质的恶劣环境，是不应有生命存在的。但是，海底热泉为科学家展示了"生命的奇迹"，这里居然有生物在自由地生活着。

庞贝蠕虫

庞贝蠕虫

　　科学家们在海底热泉岩石上发现了大量的庞贝蠕虫，它们竖起细长的管子并栖息在里面，丝毫不为热泉的高温所动。它们是地球上已知的最耐高温的动物。

发光的蜂鱼

13

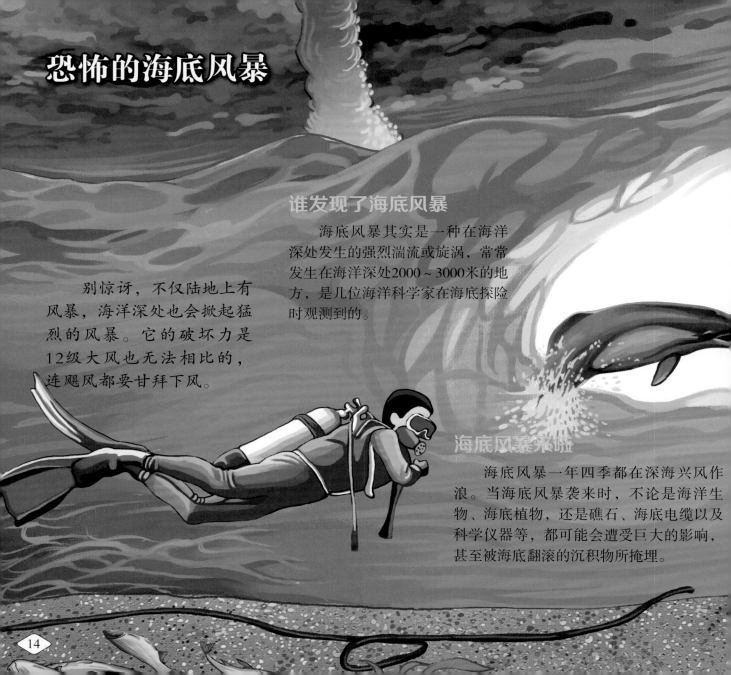

恐怖的海底风暴

别惊讶，不仅陆地上有风暴，海洋深处也会掀起猛烈的风暴。它的破坏力是12级大风也无法相比的，连飓风都要甘拜下风。

谁发现了海底风暴

海底风暴其实是一种在海洋深处发生的强烈湍流或旋涡，常常发生在海洋深处2000～3000米的地方，是几位海洋科学家在海底探险时观测到的。

海底风暴来啦

海底风暴一年四季都在深海兴风作浪。当海底风暴袭来时，不论是海洋生物、海底植物，还是礁石、海底电缆以及科学仪器等，都可能会遭受巨大的影响，甚至被海底翻滚的沉积物所掩埋。

真遗憾，海山可不能攀登哟

海山和陆地上的山可不一样。它们通常是指孤立的海底山脉，其高度是从海底基岩到山顶的垂直距离，通常超过1000米，而且大部分隐藏在海里，无法攀登哟！

新物种

科学家们对海山进行探测时，发现大部分海山里都生存着若干物种，其中一部分还是人们从来都没有见过的新物种，实在令人吃惊。

戴维森海山

戴维森海山在美国西海岸，距离海面约1200米。因为远离海岸又深藏海底，所以它是许多海洋生物的天堂。

岛屿

不是所有的海山都沉没在大海中，有的海山穿过水面，耸立在海面上，就成了岛屿。

深海珊瑚

深海珊瑚在海山附近十分罕见，有几米高，非常漂亮。

蟾蜍鱼

蟾蜍鱼的头上长着尖刺，身上布满了像蟾蜍一样的疙瘩，十分恐怖。

捕蝇海葵

捕蝇海葵是世界上最迷人、最奇特的海葵之一，长得很像捕蝇草。

长足海蜘蛛

珊瑚

海百合

捕蝇海葵

蟾蜍鱼

喜怒无常的海底火山

海底火山，没错，它们是藏匿于大洋底部的火山，数量非常多，几乎世界上所有的大洋里都有它们的身影。

深海中的火山喷发形式各异，岩浆可能以多种方式流出或喷发。

距离水面较近的火山，爆发时常常会形成壮观的爆炸场面，喷出大量气体（如水蒸气、二氧化碳等）、火山碎屑和炽热的熔岩。

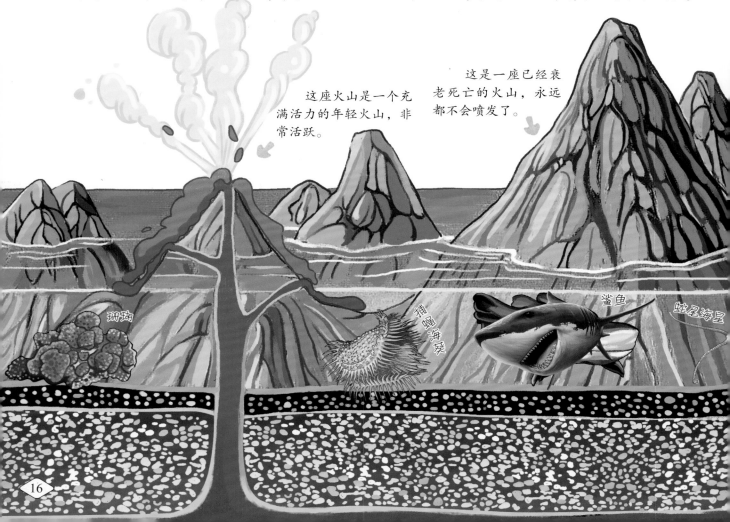

这座火山是一个充满活力的年轻火山，非常活跃。

这是一座已经衰老死亡的火山，永远都不会喷发了。

珊瑚

捕蝇海葵

鲨鱼

蛇星海星

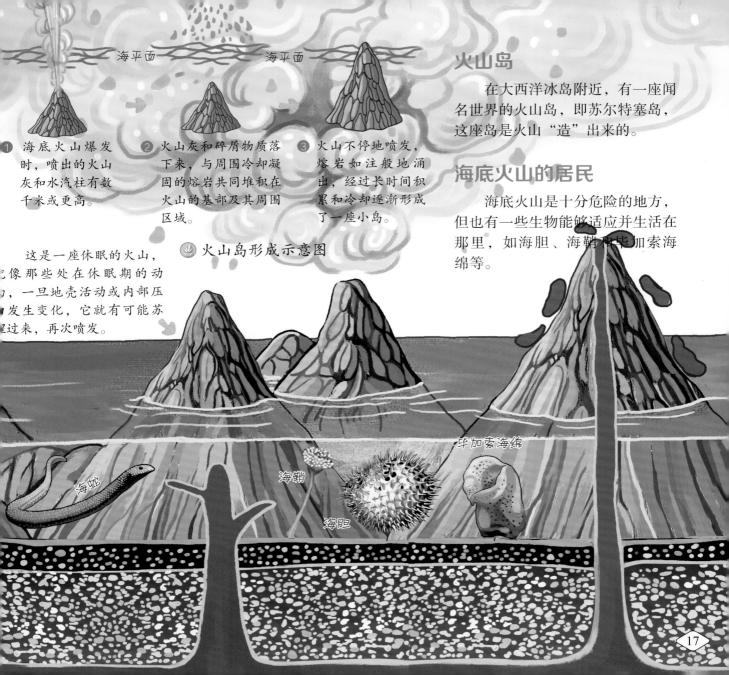

① 海底火山爆发时，喷出的火山灰和水汽柱有数千米或更高。

② 火山灰和碎屑物质落下来，与周围冷却凝固的熔岩共同堆积在火山的基部及其周围区域。

③ 火山不停地喷发，熔岩如注般地涌出，经过长时间积累和冷却逐渐形成了一座小岛。

🌱 **火山岛形成示意图**

海平面　海平面

这是一座休眠的火山，就像那些处在休眠期的动物，一旦地壳活动或内部压力发生变化，它就有可能苏醒过来，再次喷发。

火山岛

在大西洋冰岛附近，有一座闻名世界的火山岛，即苏尔特塞岛，这座岛是火山"造"出来的。

海底火山的居民

海底火山是十分危险的地方，但也有一些生物能够适应并生活在那里，如海胆、海鞘和毕加索海绵等。

海蛇

海鞘

海胆

毕加索海绵

美丽多彩的珊瑚礁

在温暖的洋面上，常常可以看见一座座五彩缤纷的小花园——珊瑚礁。里面有五颜六色的珊瑚，斑斓快活的鱼儿，各种玲珑剔透的贝壳……

珊瑚礁因为结构和形态的不同，分为岸礁、堡礁和环礁。

岸礁

岸礁是环绕在陆地海岸或岛屿周围的珊瑚礁，红海沿岸的岸礁是世界上最长的岸礁，绵延约2700千米。

堡礁

堡礁是在离大陆或岛屿较远的海中形成的珊瑚礁。澳大利亚东北部的大堡礁是世界上最大的堡礁。

小不点珊瑚虫和大个子珊瑚礁

珊瑚礁是大洋中的奇观。可令人惊讶的是，这些美丽的"海底花园"竟然是小小的珊瑚虫和其他小生物一起建造的。

珊瑚礁的形成

1. 珊瑚虫像一朵朵小花，圆圆的身体柔软透明，上面有一圈圈像花瓣一样的触手，可以捕捉小鱼和小虾。

珊瑚虫可以分泌出一种白色物质——石灰石。它们用石灰石建造成一座精巧的小屋，平时柔软的身体就躲藏在里面。

3. 因为珊瑚虫总是聚集在一起生活，所以在分泌时一个个石灰小屋就粘在了一起。

4. 有时，贝类（如牡蛎、蛤蜊等）和其他一些小生物（如某些种类的管虫、苔藓动物等）也会分泌出石灰质骨骼。

5. 就这样，珊瑚虫把其他的石灰质也粘在一起，慢慢地，就形成了珊瑚礁。

环礁

环礁，从名字就可以猜到，是围绕起来呈环状的珊瑚礁。

哇！珊瑚礁里藏着好多宝贝

珊瑚礁不仅美丽，还很富有。如果你潜入海底，就会发现那里除了五颜六色的"花儿（即珊瑚）"，还有各种各样的鱼儿、贝类，景色十分迷人。

像羽毛树枝的海齿花

水字螺

唐冠螺

海马

像鸡冠花的海鸡头

蜘蛛螺

法螺

凤螺

热带鱼

虎斑贝

海兔

海星

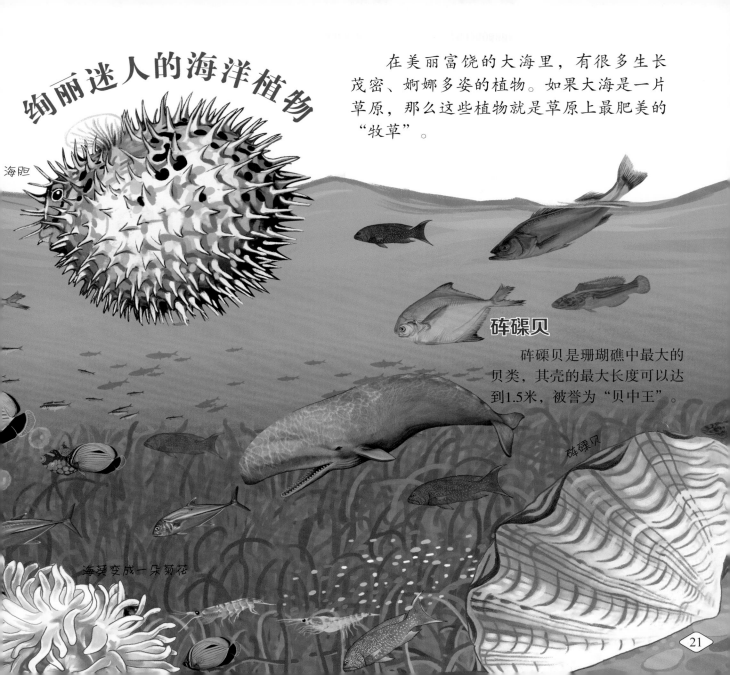

绚丽迷人的海洋植物

海胆

在美丽富饶的大海里，有很多生长茂密、婀娜多姿的植物。如果大海是一片草原，那么这些植物就是草原上最肥美的"牧草"。

砗磲贝

砗磲贝是珊瑚礁中最大的贝类，其壳的最大长度可以达到1.5米，被誉为"贝中王"。

砗磲贝

海葵变成一朵菊花

一起去海藻家做客吧

海藻家族是海洋世界中最繁盛、最兴旺的家族。它们有的漂浮在海面，有的附着在海底。有的小得只有在显微镜下才能看到，可有的却能长到几百米长。

单细胞海藻

马尾藻

在北大西洋有一片马尾藻海。这片海域以生长大量的马尾藻而得名。和大部分海藻不同，马尾藻不是原地不动的，而是像长了腿一样，四处漂泊，行踪不定。

底栖藻

有的海藻专门依附在海底的岩石上，伸展着细长而柔软的身躯，被称为底栖藻。

丝藻是一种非常小的底栖藻，只有几厘米长。巨藻是藻类家族中个头最大的，有的甚至可以长达二三百米。

单细胞海藻

别看单细胞海藻不起眼，但它们的数量占海洋植物的95%，不仅养育着各种小动物，还是鲸的重要食物来源呢！

马尾藻

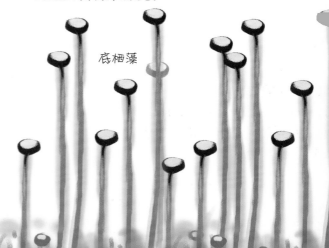
底栖藻

浮游藻

有的海藻长期在海水中漂浮，四海为家，被称为浮游藻。

浮游藻

硅藻

硅藻

硅藻是一种非常普遍的水生微生物，它们几乎遍布全球的水域。可以说，凡是有水的地方，几乎就会有硅藻。

丝藻

巨藻

巨藻

蓝藻

蓝藻

蓝藻是至今为止人们发现的地球上最古老的生物之一。在澳大利亚发现的叠层石，就是大约生活在35亿年前的蓝藻化石。

红红的赤潮很危险

大海一定是蓝色的吗？当然不是。因为在一些地方，那里的海呈红色，人们把这种红色的海称为"赤潮"。

赤潮是怎么形成的

大海中有一种红海束毛藻的微生物，它是形成赤潮的罪魁祸首。

红海束毛藻

赤潮对海洋生物的影响

大部分海洋生物都很惧怕赤潮，但也有的生物很喜欢在赤潮里生活。比如夜光虫和裸甲藻，是最常见的赤潮生物。

赤潮是一种很特别的现象，也很危险。它不仅会给海洋中的小动物和各种植物带来灾难，还可能影响人类。

夜光虫

裸甲藻

藻类王国的巨无霸——巨藻

海鸟是巨林的常客，为它们在这可以找到很多食物。

海鸥

海獭

巨藻是藻类王国中最大的一种海藻，也是海洋植物中的巨无霸。它们大多数可以长到几十米长，有的能长到两三百米长，重达200千克。

许多海洋动物都喜欢在巨藻林中安家落户。

海狮和海獭也会把巨藻林当作自己的家园，定期或不定期地前来居住。

海狮

海豹

海豹又来光顾了。每过一段时间，它就会来巨藻林住几天。

从前，美洲的土著人用巨藻制作盐和药物。当然，巨藻也是他们的重要食物。

海胆

认识巨藻

1 固着器长约1米，将藻体固定在礁石上。

2 中心是一条主干。

3 主干上面生长着像树枝一样的小柄。

4 柄上长着小叶片，宽6~17厘米，长1米多。

5 叶片上有气囊，气囊产生的浮力将巨藻托举起来。

鲍鱼

营养丰富的"海中蔬菜"

你知道吗，海洋里的许多植物营养非常丰富，是人类可以享用的美味。

识别各种海中蔬菜

石莼——呈叶片状，边缘有波状的褶皱。

石花菜——非常矮小，形状类似珊瑚，有红色的，也有白色的。

麒麟菜——褐黄色，呈不规则分枝状，肥厚多肉。

裙带菜——像一把破葵扇。

螺旋藻——呈细丝状。

裙带菜

浒苔

石花菜

石花菜含有丰富的矿物质和多种维生素，对于高血压、高脂血症患者来说，适量食用有益健康。

浒苔

浒苔含有一种特殊的纤维质，吸烟者食用后有助于解除体内的烟碱毒素。

麒麟菜

麒麟菜富含纤维素和糖分，吃后很容易有饱腹感，适合追求健康减肥的人士食用。

裙带菜

裙带菜又叫海芥菜，含有大量的矿物质，尤其是碘、钙和铁，经常吃裙带菜可以预防甲状腺疾病。

螺旋藻

螺旋藻的营养价值极高，含有多种对人体有益的营养成分。小小的1克螺旋藻含有的营养竟然相当于1000克各种蔬菜的营养总和。

石莼

石莼又叫海白菜，含有丰富的蛋白质、粗纤维等营养物质。

紫菜

紫菜有红紫色、绿紫色和黑紫色几种，但干燥后都呈深紫色或黑色。因为可以做菜吃，所以取名紫菜。紫菜营养丰富，味道鲜美，是最著名的海中蔬菜之一。

石花菜

螺旋藻

麒麟菜

石莼

紫菜

海带是一根长长的带子

海带含有多种营养物质，不仅是一种很受欢迎的蔬菜，也是重要的工业和制药原料。

认识海带

① 固着器叉形，附着在海底岩石上。

② 叶柄圆柱形，又短又粗。

③ 褐色的叶片像一根带子，长2~6米，宽20~30厘米。

④ 中央有两条平行的浅沟。

聚碘高手

海带含碘量很高，是海藻中著名的"聚碘高手"。适量食用海带，可以预防因缺碘引起的粗脖子病（也叫作甲状腺肿大）。

除了食用外，海带还可以制成海带酱、味精等。

浮游生物是谁的盘中餐

你相信吗，体型庞大的须鲸吃的主要是体型微小的浮游生物，比如海洋中的某些浮游动物和浮游植物。

大海中，一头须鲸猛地一转身，把平静的海水搅动起来；同时张开大口，把随着海水翻滚的浮游生物一股脑儿吸进嘴里。

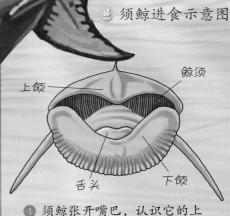

上颌　　　　　　　　鲸须

舌头　　　　下颌

① 须鲸张开嘴巴，认识它的上颌、下颌、舌头、鲸须。

浮游生物和海水

② 须鲸把浮游生物吸入口中。

海水　　　　　　海水

③ 舌头向外挤压，浮游生物被鲸须拦住留在口腔里，而海水则被过滤出去。

海岸卫士——红树林

红树林是生长在海边滩涂中的植物群落，除了红树科植物以外，还包括林内的许多其他绿色植物。因为部分红树科植物的树皮能制造棕红色的染料，所以这一整个植物群落被统称为红树林。

红树林的种子成熟后，就在果实中开始萌发，形成有根和茎的胚轴。当潮水退去时，这些胚轴会从母树上落下，直插滩涂的淤泥里扎根生长，不会被海水冲走。红树科植物是植物界少有的"胚轴胎生"植物。

红树林的根部特别发达，盘根错节，来缠去，形态各异。它们不仅能固定土壤，防止海岸被侵蚀，还有很高的观赏价值。

不可小瞧的深海"居民"

　　海底世界有一群特殊的"居民"，它们的数量十分庞大，尤其是在水深2000～3000米的海洋底层。

　　这些深海"居民"主要以从海洋表面沉落下来的生物尸体、排泄物、碎屑以及其他有机物碎屑为食物。它们大多数外貌并不出众，视力很差，但嗅觉很灵敏。

模样丑丑的海参

海参是棘皮家族的一员，生活在海底的岩石上或海草里。它们身体呈圆筒状，肥厚又多肉，表面长满了肉刺，样子十分丑陋。

海参是很著名的滋补强身的食物，有"海中人参"的美誉。

海参会预测天气哟，一旦感知到有风暴来临，它们就会早早地躲进石缝里。

海参还会变色。生活在岩石附近时，海参把身体变为棕色或淡蓝色；当生活在海草中时，它们又把身体变为绿色。这种变色本领，帮助它们躲过了不少天敌的捕食。

海参不会游泳，平时只能靠管足和肌肉的伸缩在海底蠕动爬行。

海参最厉害的一招，就是能够喷射内脏，并借助排放内脏的反冲力迅速逃离危险。只需几个星期，海参就会重新长出内脏。

美丽却不芬芳的海百合

海百合是一种生活在海底的动物。它也是棘皮家族的成员，还是海参的亲戚呢！

凶残的海百合

海百合把触指朝着水流方向撒开，像极了一朵美丽的"花"。那些被引诱过来的小鱼、小虾不经意间就会被触指抓住，通过"步带沟"进入海百合的嘴巴里。

海百合会变海羽星吗

海百合是一种不能行走的动物，一辈子都扎根海底。有一种说法认为，当海百合的"茎秆"被咬断后，"花儿"依然能够独立存活，并成为一种新的动物——海羽星。这是真的吗？当然不是，它们是不同的生物，不存在转化关系。

认识海百合

① 身体柔软多姿。
② 挺拔的"茎秆"长度因种类而异，有的长约50厘米，通常是圆柱形的，分出许多个节。
③ 节上长出卷枝。
④ 卷枝的顶端有一朵含苞欲放的"小花"，是捕食昆虫的器官。
⑤ 嘴在花心底部，周围长着多条"腕"。
⑥ 腕枝上生出羽毛般的细枝。
⑦ 腕枝内侧有一条深沟，名叫"步带沟"，沟内有两列灵活的"触指"。

海百合在捕食

海星是会呼吸的"五角星"

海星身体鲜艳，有的大，有的小，从身体中心的体盘放射出多条触腕，这是海星家族独特的标志。

分身逃生术

一些海星在遇到危险或被石块压住时，会自动切断腕部，赶紧逃命。用不了多久，那条被切断的腕就会重新长出来。

步进式移动

海星的行走方式非常独特，它们利用管足进行步进式的移动。不同种类的海星，其移动模式和速度各不相同，展现出海星多样化的行动策略。

海盘车运动时，先用吸盘吸住地面，把身体支撑起来，然后一个筋斗翻过来，总算走出一步了。

海星看起来温文尔雅，其实大部分海星都是食肉动物，贝类、海胆、螃蟹和海葵都是它们的捕食对象。

海星虽然没有眼睛，但是每一个腕足都有一个红色的眼点，可以感觉光线。

海中刺客——海胆

海胆也来自棘皮家族，身体呈球形，长满棘刺，尤像一个仙人球。

全世界大约有900种海胆，它们的体形、颜色很不相同。

海胆展现出多样的食性，某些种类的海胆在觅食时表现得特别活跃。有的海胆偏爱肉食，以蠕虫及其他小型无脊椎动物为食；另一些则以海藻为食，特别偏好海带、裙带菜等海藻，以及浮游生物；还有些海胆会摄取海草，并通过啃食泥沙来获取其中的营养物质和微生物。

海胆白天躲在石缝和珊瑚礁中，等到夜晚才会出来活动，靠棘刺保护自己。

紫海胆

球海胆

饼海胆

石笔海胆

心形海胆

马粪海胆

著名的海底"四虫"

其实，海底生物的数量非常庞大，只不过许多生物的身体实在太小了，不仔细看很难被发现，还有的只有放在显微镜下才能看清楚。

丁丁虫

丁丁虫的身体有一层外壳，平时靠纤毛运动和取食，主要以细菌和微小的藻类、鞭毛虫等为食。

放射虫

放射虫有向四周辐射的骨针和伪足，身体上还有很多泡，可以增加身体在海洋中的浮力。

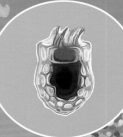

线虫

线虫的数量十分惊人，可是它们太小了，平时隐藏在海底的沉积物中，需要借助显微镜才能观察到。

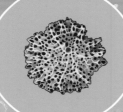

有孔虫

有孔虫是一个庞大的家族。它们的外形很独特，壳里有许多个房间，而且每个房间的孔都相通。

有孔虫一生都不离开海洋。海水到哪里，它们就去哪里生活，死亡以后也埋藏在那里。有孔虫的壳记录了地质年代的变迁，是研究地球历史的重要线索。

海洋动物是怎么运动的

海洋动物种类繁多，不同的海洋动物有不同的运动器官，所以它们的运动方式也是千奇百怪。

乌贼通过收缩体内的水管系统，突然射出一股水流，靠反作用力前行。

扇贝猛地合上双壳，从而造成水的喷流，使自己在水中前行。

海兔借助侧足在海底爬行前进。

扁虫用纤毛在植物和岩石上自由走动。

鱼的身体呈流线型，可以在水中自由穿梭。

悄悄绽放的"海葵"

海葵是一种形态优雅的海洋动物。那一条条触手优雅地伸展，就像一片片花瓣，美丽动人，所以海葵又被称为"海菊花""海底玫瑰"。

暗藏杀机

海葵美丽的"花瓣"触手上布满了有毒的刺细胞，如果小动物不小心触碰，就会被麻醉，随后会被"花瓣"卷入"花蕊"，成为海葵的美食。

小丑鱼

海葵最亲密的伙伴之一就是美丽的小丑鱼。瞧，小丑鱼的外皮色彩斑斓，常常把小鱼、小虾吸引过来，海葵趁机捕捉它们，而小丑鱼则利用海葵的毒性保护自己免遭捕食。

葵虾

葵虾是海葵的清洁工，经常为海葵清除触手上的杂物，帮助海葵保持清洁。

海葵虽然是动物，可是它不能自主移动，一生都固定生活在一个地方。

抱绵绵的海绵动物

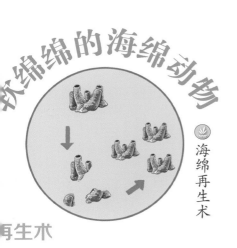

海绵再生术

在海洋里，海绵是一个十分庞大的家族，它们千姿百态、绚丽多彩。

海绵的身体结构非常简单，没有脑袋、嘴巴、心脏等器官，主要由许多细胞聚集组成的两层体壁和中胶层构成。

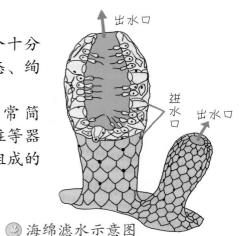

出水口

进水口

出水口

海绵滤水示意图

再生术

和海参、海星一样，海绵也有再生术。如果把它撕成碎块扔进大海，过不了多久每块碎片就可以魔术般地长成一个完整的新的海绵。

海绵是一个滤水器

海绵的表面有许多凸起，凸起的顶端有一个大孔，旁边有许多小孔。海水从小孔流入，又从大孔排出，那些微小的生物随水流进入海绵体内，成了海绵的食物。

藏身点

大海中吃海绵的动物很少，于是许多小动物把海绵当成是理想的掩体。

有时，海绵会固定在牡蛎壳上，用身上分泌出的化学物质来驱赶敌人。

杯状海绵

树状海绵

瓶状海绵

管状海绵

马海绵

哇！贝壳里有一颗大珍珠

你知道珍珠是从哪里来的吗？它又是怎么形成的呢？快来，让我们从贝壳上找一找答案吧！

珍珠是贝类的产物。可是贝类家族成员众多，究竟哪些贝可以产出珍珠呢？

① 许多海洋软体动物都有一种本领——可以分泌出一种叫珍珠质的液体。

② 当珠贝张开两壳在水里活动时，如果有小动物或沙粒等异物不小心进入壳内，受到刺激的珠贝就会分泌出珍珠质液体，包围入侵者。

③ 珍珠质液一层覆盖一层，经过数年（通常为3～6年）就能形成美丽、坚硬又光滑的珍珠。

大珠母贝产的珍珠最大，而且颜色美丽、质地优良、光泽迷人。

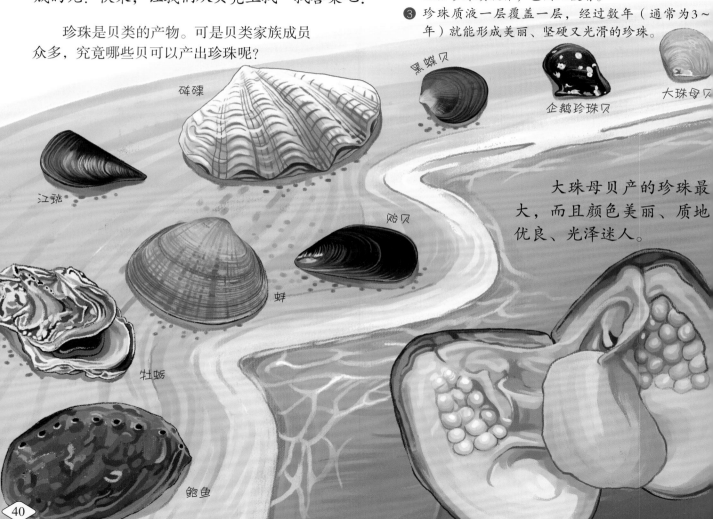

江珧

砗磲

黑蝶贝

企鹅珍珠贝

大珠母贝

贻贝

蚌

牡蛎

鲍鱼

它们来自甲壳动物家族

甲壳动物都有成对的足、分节的身体和不断蜕掉的外壳。在海洋世界里，甲壳动物不仅数量多，而且外形多变、习性不同。

虾和蟹要经历多次蜕壳生长，例如对虾需要更换大约26次外壳，才算是真正长大了。

巨螯蟹展开两只螯时，宽度可达数米，是甲壳家族中体型较大的一种。

磷虾身体透明，能发出磷光。

雄招潮蟹发现敌人时，会舞动一大一小的双螯来示威，从而吓跑敌人、保卫领土。

清洁虾是一位非常高效的"医生"，它把"医疗站"建在珊瑚礁、岩石或海草中，专门为鱼儿们清除身上的寄生虫、霉菌和污垢。

寄居蟹小时候甲壳较小，不足以保护自己，长大后会找一个空螺壳钻进去，作为自己的小屋。

龙虾是海洋中最大的爬行虾，有"虾王"之称。

海洋不仅有丰富的生物资源、动力资源、化学资源，还有丰富的矿产资源。

走进人们生活的海盐

海水中含有大量的盐类物质，在我们的生活中，相当大比例的盐都是利用日光蒸发海水制取的。

海底油田

在海洋的大陆坡上，蕴藏着数量巨大的石油和天然气，是人类未来的发展希望。

蛋白质仓库

鱼类含有丰富的蛋白质，每年有大量的鱼从海洋中被捕捞上来，成为人们的盘中餐。但过度捕捞会破坏海洋生态，因此需要合理管理和保护渔业资源，确保可持续利用。

可燃冰

可燃冰看起来很像一块冰，可以燃烧，而且燃烧后产生的废弃物和残渣极少，是一种高效且清洁的能源。

深海软泥

在深海的一些特定区域，人们发现了颜色多变的深海软泥，这些色彩差异是由地质活动、沉积物中的矿物质和微生物色素共同塑造的。深海软泥不仅是海洋底部的重要组成部分，而且它们富含铁、锌、铜、锰等多种微量元素。这些微量元素不仅对维持海洋生态系统的平衡至关重要，还在促进海洋生物生长以及参与全球碳循环和营养物质循环中扮演着重要角色。